ロジカル・パイン

南 久子詩集

Logical Pine

Minami Hisako

土曜美術社出版販売

詩集　ロジカル・パイン＊目次

詩集　ロジカル・パイン

I

彼岸を過ぎるころになると

太陽があたると
汗が流れ
拭うために傾くことがある
北風が吹き荒れると
首をすくめることもある
ときどき姿勢を正す
神さまが見ているからというのはちがう
イソップ童話になじめなかったのとはもっとちがう
死ななかったのはぜんぜんセーフ
歓喜して立ち止まる

花びらがひらくと
実がこぼれて
十五夜にお月見団子をたべる
ことばがつながると
まもられているのが肌をつたう
いっしょに夢を見る
幻想しつづけるのはいや
尖って転がるのはもっといや
託するものが見つけられなくてもぎりぎりセーフ
納得して横たわる

車のかげでさわぎすぎて
リコリスはさびしく

ネジバナよりはげしく上を向く
ゆっくりと左右にはみ出して
水引に倣う
ありがたくお辞儀する
毒を抜く手に触れるのはこわい
摘んで帰って生けるのはもっとこわい
帰り道やさしく角を曲がるのはただただセーフ
意思を持ってつぶやく

だからこうしてちゃんとそうしてる

熊の秘密

樹洞でかくれんぼをするように
山の男はわたしたちを熊の穴に導き入れた
熊の好物の木の実が供えてある
貴重な夜光貝の螺鈿の引き出しから
蓄えておいた熊の肉を取り出し
みんなで鍋をつくって食べた
少し太ってしまったようだ
脂肪を纏った熊のように

お父さんにこの話をすると
彼らは熊のようだと脅す
平気で嘘をつくはずはないが腹が立った
その日は
熊の体臭を嗅ぎ分けて眠った

お腹をこわすと
とっても苦い熊《くま》の胆《い》という生薬を飲ませて
少しだけ勇気をくれたお父さんは
ココナッツの不味さはいくらでも話すのに
あの戦いのことは何も触れない
みんないつの間にか
聞くことさえ忘れてしまったようだ
熊の穴の壁に打たれた杭の跡のように

血のつながりのない人たちと
少しずつ話ができるようになって
熊の食い散らしたクルミの殻を
見つけると熊になれる
樹洞にもどる道順を忘れた熊の穴に
立ちのぼる木立のそばで
熊を装わなくても熊になれる
ただ本当のことを語れるか
怖くなる
そして　それをいつにしようかと

深夜の珊瑚

水際まで来ていた北半球の台風の目が
レーダーから消えたと
伝え聞いたわたしは
明日に向かって舟を漕ぐ
助け舟が停泊しているにちがいない

やはり
舟の上には風が渦巻き
あちらこちらで　台風前夜のように

窓ガラスや戸口に
ベニヤ板を打ち付ける音が
鳴り響いていた

もしかしたら
あのジェーン台風ではないかと
産声を上げたばかりのわたしに
母はたずねる
毛布を両手で持ち上げ
屋根をこしらえ
楽しげな電車ごっこの避難家族を
水草の模様の産着に包まれて見ていた
あのジェーン台風ではないかと

どうして
収まったのだろう
このまま収まるものなのかと
手放した台風の執着にとめどない母
不可思議を乳に混ぜ
次の台風に備えて
南半球に舵を切る

またしても
血を見ないまま
乳歯が生え始めるまでの
いくつかの気配をくぐり
酔いしれる
珊瑚を真っ青に染める褐虫藻の

とても孤独な夜

信号機の前で、振り子は

歩道橋を見上げると　さまざまな眼と合う　とりわけ騒が
しく駆け上がる若者と　階段の多さに途方にくれる老人た
ちの重なりを避けるように　眼は前方のさらに後方のとに
かく空に向かった　夏の雲は充溢した青を仕舞い終えても
う遠くにある　人の流れを二分する橋の途中に大きな柱時
計を背負った人がいる　幻覚としか思えないのだが　その
柱時計にはっきりと振り子が見えた

嗅覚を失ってもぼくの家の柱時計に染み付いた匂いは今でも鮮明に思い起こせる。これは嗅覚の図式化というのだろうか。居間の真ん中の柱に孤立するように掛けられており、ぼくが家を出るまでの二十数年間に一度だけ動かなくなって修繕しなければならないときはあったが、弛んだゼンマイを巻いたり油を差す場合は大人の手によって厳かに食卓に水平に下され初めて嗅ぐことができた。しかし、人に伝えることはなく、どこの家の時計も同じ匂いなのか知らないまま大人になった。おそらく今さら聞けない質問と同じで恥ずかしかったのだろう。果物を多く食する家で育ち、植物と食べ物以外の匂いを嗅ぐことがない幼かったぼくは、この時計の匂いは、振り子から醸し出されていると直感した。手に取ると修復不能になるという呪文をかけ、触れることはなかった。生や死を阻害するものではなく、言わば時を刻む道具特有のものであると理解しようとした。この家の人でないと嗅ぐことができないどこか内省的で、誰にも教えられない、つまり図式化できないもののひとつとして。

よその家の柱時計の振り子の匂いを嗅ぐ機会を得たぼくは
浮き足を沈め　歩道橋の階段を下りてくるその人のあとを
つけた　背には確かに振り子の付いた柱時計がある　幻覚
ではない　レイジ爺もみつ子さんといっしょに見ている
しばらく歩き続けた先の信号機の前で思う存分　振り子の
匂いを嗅いだ　地下道からあふれ出る振り子の群れ　慣れ

ない音色をつくって弾ませ　点滅する光の中を横切ってい
く

あしたはカクテル

あまりに曲がりくねっているので棒を立ててみる
串に突き刺さる焼鳥のつくねみたいに凡庸である
便利な蝶番を取りだして組み水に浮かばせてみる
散歩を嫌がる犬のしっぽのように夢うつつである

何も思い出さないでいよう

とにかく
うたた寝のためのソファがとてもやわらかすぎる
運がよければ腹筋が鍛えられるものと信じている

占拠された領地のようで索漠と髪をとかしてみる
ただひとつ境界線は皮膚一枚へだてた彼方にある

鳥の羽毛は水平に満ちている

やにわに
砂漠に雨が降り洪水が起こったことに驚いている
昨日の天気予報が外れたことに腹を立てずにいる
知る術のない凪の企みがどこかに打ち上げられる
くりかえしているストレッチのように平坦である

街は西に傾いていくだろう

あしたは楽しいはずだ

あたらしい島で

木の根道の階段を下りていくと
絶景が広がり
いつの間にか
グラスボートの上で
ウミガメを見ていた

ここまでどのようにして来たのか
問われている気がして
そっとつげる

いくつかの海峡を渡り
最初にたどりついた島だと
触れあえないガラス越しの
とりとめのない会話は
石仏のまぶたに見るやさしさより
不透明で
眼は半開きのまま
招かれなかった夕陽の固まりを
ヒレで解きほぐしている
甲羅の上から見つめられることに
慣れていて
嘘さえつかなければ許してくれそうだ
わたしたちがいつもそう願ったように
とても好きだ

夜のマングローブの森を見て
サガリバナはもうすぐ開花するだろう
甘いにおいを揺らす風の傍らをたどっていくと
花粉には会えるだろう
明け方までに受粉し
加速しながら花は落ちる
もう二番目の島に
虫は行きついているだろう
だからうらやましい

この島にたずねよう
わたしたちは
どのようにして別れるのか

約束

タウおじさんは
何度も何度も百円玉を差し出して
ポイを受け取り
金魚を掬い続けた
イカサマにつくられた紙は
水面すれすれで破れる
「もう終わりにしよう」と
ポイの上で一匹の金魚が跳ねていた

神社の境内では
喉を膨らませた鳩が
イブツ　イブツ　イブツ
と鳴いている
鳴き声をひとつ
呑み込んでみたい気がした
「どこから来てどこへ」と
捕らえられず生き延びる

人びとの歓喜の外側の
小さなビニール袋の中に
金魚は繋ぎとめられて
家に帰ると
呑み込んだイブツのように

大きなガラスの瓶に吐き出される
花びらのように尾ひれをひるがえして
「もう二度とはない」と
水を潜り抜けてつぶやく

口を閉ざした鳩は
地面を啄み
カラスの鳴き真似をする
連れ去られないように
山から下りてくる夕陽に
手首をかざして
何も問わないでいるなら
「これはゲームではない」と
ボクが約束しよう

唐突に扉を

大抵の扉は、押してもだめなら引いて、でだめなら押してみれば開く。そうなのだが、どうしてもむこうに行けない時がある。開かないなら、漂白したはずの白濁してしまった空間でいい、せめて身を置く場の気配をと探している。

どこかにある。扉は開かないけれど。人びとが行き通うための風を拒んだ錆が見える。焦る気持ちは両手を開いて押し戻し、手順に沿っていくうちに、落ちついてきたわたしは、もう扉のむこうに行く意味を忘れてしまうのだ。

捜し続けていた失せ物を一旦あきらめたひとになって、読み終えられなかった本をようやく読み始める。律儀に栞を挟んだページは、扉のように開かれ、秘めやかに扉を開く意味をなくしてしまったままのわたしを受け入れ始める。

閉じようとして閉じられたのか、蒔絵をあしらった栞に挟まれて、酸素に侵されなかった証が小さな空白を作って、わたしを閉じ込める。そして、わたしはようやく扉を開く意味を知るのだ。シッソウか、ヒキコモリか。

開かない扉のむこうには、わたしを魅了し続けた木馬の背中や、金木犀の匂いの付いたろうけつ染めの残り布、あるいは空白文字が、父が描いたエッチングのわたしの肖像画といっしょに置かれている。唐突に。

Ⅱ

同調培養

小さくまとまればまとまるほど
持ち運びにくくなるものを
見つけてしまいました
ちっぽけな路地裏の土の上の

坂道でリンゴを転がすように
見過ごさず
ゆくえを見守りましょうか
拾いましょうか

背を丸めた
猫は
緒が切れたお父ちゃんの下駄のように
伸びをします
ウチらもいっしょに伸びをします

高く盛れば盛るほど
取りこぼしているものに
気づいてしまいました
道路をへだてた向こうの街の片側の
そこを通るたびに
埋もれてしまわず

逃げましょうか
遠まわりしましょうか

砂をかぶった
ミヤマカラスアゲハが羽音をたて
山の頂上めがけて
水たまりを駆け上ります
ウチらもいっしょに駆け上ります

ぶらんこブランド

日が暮れると　かすかに揺れる
微動ぶらんこのこと知ってます
飛び立つ前の蝶になって揺れてますから
漕ぎ出すとぐるぐる廻りだす
大車輪ぶらんこのこと見たことあります
大きく円を描いてますから
ぶらんこと向き合う時刻です

反力といって

着地は不得意そうで
いったん動き始めると
止めるには少し時間が要って
手指に汗がたまり　唇を噛みしめて　踏ん張って
ベニヤ板みたいに体を平らにしたかと思うと
鎖は捩じり曲がりながら落ちてきます
らせん状に生まれてきたことは覚えてます
山のいただきに向かって一所懸命漕いでいた母のことも思い出します

夜になると真っすぐになる細い路地裏では
擦って壊さないように
片方の足を上げ
奇妙なバランス感覚を体幹で確かめてから
大海原に放ちに行きます

海に落下する直前に
宇宙のどこかに放り投げられたぶらんこは
大気を存分に吸い込んで
誰にも気づかれないで
漕げるかどうか試します

きのうのぶらんこは身体で覚えているのでしょう
海流にも流されず
反力なんかに頼らず　廻って揺れて
みんなが目を覚ますころ　いつもの位置に
大海原から戻ってきます
ふくらはぎに深く癒着した筋膜が
微動ぶらんこか大車輪ぶらんこかを
見極めようと撓《しな》います

オフ　ビート

いつもの癖で
身体に染み付いたものを
消費期限が過ぎたなま物のように
取り出しては捨てる
繰り返している
ほんとうの自分になりきれない

見えない隣人は
燻製が好物のようで

今日も網皿をベランダに干している
乾ききるのに
秘密は明かさない
晴天はつづく

丹色に燻した牡蠣を食べたあと
停滞前線のように詰めかけた人が
ロータリーの交差点の車の陰で立ち往生している
乾燥機をフル回転させる
いつまでも見つめている
止めるタイミングを外す

気温が急に上昇して
異常気象を騒いでいる

少しずつ窓を開ける
簡単に手に入らないものを見つけて
春を惜しんでみる
いつかわたしも死んでしまうのだろう

生成ＡＩの話で混乱した頭に
畦道で噛《しが》んだサトウキビの味を思い浮かべる

ロジカル・パイン

マツボックリのぼくは
馬のたてがみに誘われて
天を仰ぎ見る

蜘蛛の網に
伸びやかに引っ張られるぼくは
その強靱さに度肝を抜かれ
生を紡ぐ愛おしささえ見すごしてしまう
どうしても好きになれなかった蜘蛛に

気持ちをさらけ出してしまうと
生きあらためなくても
今夜またたく星の半径が
測れそうな気分になる
振り向かないままの過去に
たちもどれるかもしれない

蹄鉄で守られている
馬のたてがみに気づいて
蜘蛛の巣を編むリーゼの夢を
熱く語る作家のうつくしい文章に
出会ったぼくは
ずいぶん楽になった
蜘蛛なんか怖くなんかない

でもきみは
家の中で突然姿を現す蜘蛛を
じっと見つめていられない
蜘蛛の囲から透けて見えるだろう　ぼくの
そう　ぼくの鱗片の間に入った種子が
きみのために
澄みわたる青空に飛び
すこしずつ幹を太らせるなら
きみはぼくを愛せるだろう
そして　蜘蛛も

不自由にして過剰

一枚買うと　もう一枚ついてくるといううたい文句にうながされ　いつものことだが　ピザを注文する　食べきれなかったピザの生地は　雲より厚い　昼間の駐輪場には　ハッシュタグのカタチに組み合ったハンドル　ビル風が外したひとつおいたとなりで蹴躓いて下敷きになるキミ　天は「平等が癖」とひけらかし　キミを味方にするが責任は負わない　もちろんピザも食べない

萎縮の肩の先で　いちばん下のスポークはロックされ動かない
その上で小刻みに動き続けているさまざまな未発信情報は　交
叉しない小さな隙間でもみ消され続ける　押しひろげるすべは
なく叩きつけておしまい　重心を求めようと　上腕があがき始
めても　キミは挟まった手首を左右に捩り廻し　地平線の一点
に辿りつこうとする　それはニュートラルではなさそうだが
一緒に附いてくる人差し指はひとつのあこがれ

気を落ち着かせようと　衰弱した足首を弄ぶふてぶてしく明る
いふくらはぎで波のうねりのようにバネを裏返せば　サドル見
える「やっぱり頼りになるからね」と　地面に忍び込んでい
た４Ｄ映像の光と結びつく背骨　屈折しても真っすぐが本心
バッグから小物が散らばり　転がりながら解放されていく肢は
従順な夕ぐれ　ペダルに足裏を合わせるとキミは自転車

どうしようもなく　あさぼらけ

まばたきしないでおこう
欄干をなくした沈下橋が遠くに見えるから
通行する車は
橋板の下に
浮遊する雲が沈んでいることを
想像してないだろうから
たぶん気づかないふりしているだけ
知らなくていいの
橋は渡るためのもの
と　ひとは言って車を走らせる

くぐり抜けきれない空があってもいい
行きかよう雲　スレスレ
鳴く鳥よ　海面ギリギリ

アマモがわき上がってきてもいい
カワムツが棲みついているから
メダカとまちがえて飼って　大きくなりすぎて
脱走した夏休みの過去なんて
思い出さなくていいの
バスの生態は憂鬱にさせるけど
ギルも呑み込んでしまうから

あの仁淀ブルーな川の色は
影をこしらえるひかりのせい

じっと黙しても　もっと澱んでも
絶対濁らないから
夜が明けるまで待たなくていいから
受信できないテレビの画像から聞こえてくる
音は鼓動を拾うだけ
だから楽しんでもいいの
いっしょに跳ね躍るもの
と　ひとは言って車を走らせる
チャーリー・プースと歌ってもいい
アテンション　ヘイヘイ
橋の下の流れに　バイバイ

妖怪気流

誰かに会いたくなったら　まず妖怪に会いに行けばいい
よと　むかしから言われていたあたしはとりあえず家を
出た　別の目的があったのだが　ツイデとフロクやオマ
ケが好きなあたしは　東京タワーだけでは追いつかず
何年か前にむさし《634》と高さにも名前が付けられ　満足げに
そびえたつ東京スカイツリーの見える隅田川を選んだの
は思いつきとしては的を得ていた

何よりも先回りして浅草寺を訪れ　線香の太い束を買い

求め　ウミディグダのように伸び出た赤い火に指が触れないよう用心して灰の中に押しこむと　煙の中で目を見開いたうすら笑いの顔と出会った　一つ目小僧がそうであったようにけっして目をそらさないのはさすがだ　ポケモンももうそこに来ているようだった

花冷えの合間の気温は跳ね上がるが　湿度を抑えた日の川下りは妖怪に会う絶好の日和だった　ストレートパーマをかけると　夜ごと目の前に現れて心を惑わす大好きな座敷わらしはいなかった　東北の田舎で復興を願い日本の未来を監視するというから　邪魔しないで会うのは後にとっておこう　ほどよく髪をほどいてくれる川風が吹いて気持ちよかった

数知れず誕生する妖怪は放置しないためにも　互いに名をつけ呼びあう　隅田川ゆかりの文人や武将らと交流した末　あたしは大阪行きの新幹線に乗り込んだ　スマホから漏れる音量の再三の抗議に悪ぶれない妖怪がいる上司を偶然見つけたペコぼこ野郎も隅田川下りをして来たみたい　かすかに川風を背に担いでいる

ようやく音が止み　静まりかえる車内でつぶやく　~ちいさなおそうしき~　天井を行き来し　隅田川に架かる浮橋の先の東京スカイツリーから湧き出るあぶく　八百年位前に生まれた妖怪らしい　重重承知の古い妖怪組織の仕業　いつかスカイツリーだけでは賄えなくなってあたしは来た道を何回往復することになるだろう

クライマックス　くらい

たとえば
わずかに呼び鈴
インターフォンからの吐く息
それから
短すぎる喃語
おもわず発するバージョンアップ済のＳＯＳ
無言の推し活の聞こえてこない奇声
キミが子どもの頃から隠しとおした亀裂音
分断する静寂

木立かもしれない
消化しきれなかった肉片だろう

おそらく
外は雨
黄色の砂塵に交わる閉ざされた流線
もしかしたら
今日は過去に経験のない非常事態の訓練中
となりの村の等しく降る雨の土曜日
二度と戻らない瞑想
腹わた深く行きついたものがたり
ともなう退屈
今朝のあくびかもしれない
精いっぱいの心意気だろう

たしかに
荒れる山
湖に平穏を取り戻す鳥
だから
おもむくままに落ちてくる岩石
遮断されたダムのため口の愚痴の数数
ぐるぐる這いまわる消えない疑問
キミが大胆に奏でるメロディの危機
落陽する頭上
決め文句はいらないかもしれない
星月夜は闇を照らすだろう

「オーイ」

朝　窓を開けると
となりの家の瓦屋根の上に猫がいる
「オーイ」
と声をかけても　なま返事さえ返してこない
猫はいつの間にか軒樋《のきどい》を跨いでいる
わたしの何がいけなかったのだろう

学校が嫌いなわたしに
父はリビングから

「オーイ」
と声をかけてくる
振り向かないまま　部屋のドアを閉めたら
父はすぐにいなくなった
父は何を変えたのだろう

空高く伸びていた雲が
「オーイ」
と　川底に声をかけた
川の流れが急に速くなる
川の水はどこをめざしているのだろう
森の無防備な
「オーイ」

電車が曲がるとき

道路に沿って直角に窓が切り込まれた西向きの窓にはすだれ、北側には敷布のようなカーテン。真っ白な光沢を放っていたころをたどるうす汚れた布だ。部屋の中はうかがいしれない。風は止んだ。（いや風に意志はない。吹くのを忘れたと言おう。）動かないカーテンのすき間に、金属製の鉄砲の模型が銃口を上に向けている。

—もうすぐ銃音は放たれる—
—様様な闇を抱えた事件は起こる—

あってはならないことが起こっているのだ。人の気配を消し、身を秘すために置かれた鉄の模型はびくともしない。スピードは充分すぎる。電車には早、靄がたち込め、すぐに視界を遮った。（意志があるようだ。単にマスクでメガネが曇ったのではない。）もう何かが始まろうとしている。いや始まっている。もう少しで乗り越してしまうところだった。

電車は魚崎駅に着いた。突然、風が意志を持って吹き始めると同時に、電車に乗る直前の地下鉄の構内で、右腕から倒れ込んだ男性のことを思い出す。「大丈夫ですか。」とひと声かけただけで、わたしは須磨浦公園行の電車に乗ってしまったのだ。彼は、精いっぱいの笑みで、うなずきながら立ち上がったが、立ち去ったわたしの後ろ姿に、今ごろ落胆しているだろう。

（駅に戻って助けなければ）

（銃音を放つ前にあの家に立ち入らなければ）

わたしの右腕で地下道が引きずられていく。鉄の模型が、魚崎駅の発車音にのめり込んでいく。あの家もあの男性も、線路に吸い込まれていく。電車なんか、決められた時刻どおりに発車するのはやめた方がいい。もうあの地下鉄の構内には戻れなくなるから。直角に切り込まれた窓枠の見える風景に戻れなくなるから。だれもわたしを助けに来てくれなくなるから。

Ⅲ

家にはマリンバがない

小さな松明の形のストック一本と
マリンバを叩くマレットとそっくりな芍薬を二本買って
大晦日の朮詣《おけらまい》りで見た火縄のように
回しながら商店街を行く

ストックは
玄関の鉄の瓶に投げ入れた
やっぱり松明のように直立する
先はまだ燃えていないが　夜に多く香るという

無病息災を引き受けた花の灯火の先はまだ固いが
京の芸妓の科《しな》を作り
らせん状に階《きざはし》をのぼり
朝までに必ず先まで点していくだろう

二階へとかけ上がる足は
パンパラパッパパパラ　パラパラパラパラパララ
クシコスの郵便馬車
芍薬は　＝ポン＝　とマリンバの音を出す
茎を木質化させ
漢方薬にならないで滑走した
つぼみのまんまるマレット
弾けて何かに近づきながら花びらをほどき
大輪を咲かせ充実した葉を待つだろう

大好きなマリンバの前に立ち
マレットを両手に握りしめ
音楽室でずっと先生を待っていたわたしは
咲き急がせないように
マリンバの共鳴管を通り抜けて
朮詣りの火縄が作り出す明日を迎えるために
柔軟に手首を紙縒りのように捩っては
起立させている

松明に似たストックと
芍薬に似たマレットはあるが
家にはマリンバがない

拵《こしら》える

夢の狭間に降る水しぶきに
手を潜らせると朝が来る
目覚めは良くないけれど
あの湿地帯の絶滅前の水鳥に会いに行く

閉じられた裏窓の鍵を解いて
何基も重なった鳥居のような朱色の境域を通り抜けた
先には
水の円卓を囲んで

羽根を一枚ずつ湿らせて
真綿の糸で梳いている人がいる
梳く糸は弔われて色をなくしていくほどに
水鳥は美しくなると言う

隣の子が掘る木彫の白鳥の頸が
とても短すぎて美しくなかった
「飛ぶのは羽根じゃなくて　頸だよ」
と言って
羽根をもぎ取って　頸を付け足したら
わたしの掘るチンチラの短い前足が欠けた
もう跳ねることができなくなって
木版画から出られない

その日から
近くのものが見えにくくなって
遠くを眺めるのが癖になった
休みの日になると
飽きるほどに白鳥の湖を見る
裏窓にはもう鍵は掛けないから
抜け出して
白鳥に
思う存分ふれることができる
つま先は
いつもハッピーエンドの予感

ときおり
後ろ足だけを湖に閉じ込めて

白鳥の長い頸を
いろいろな生き物に付け替えてみる
ほら
コーヒーポットの形の
白鳥の頸にも出会えて
思いのほか自由なのだ

生成

路上で横たわるマスクをつけたホームレスが、通行人をにらみつけるやけに切ない夜。侵入者を常に見張っている隣のアパートの荒木さんが、今日も見知らぬ訪問者に出会ったと、警察に六回目の通報をした後、バットを持って、私に告げに来る。

私は荒木さんのことはよく知らない。同じ空を眺めていたってことも、今日の五時からの仕事は休んだってことも。知っていることは目の前にいる人は荒木さんだっててもことと、バットは私に向けられてはいないことだけ。

警官は「たぶん　当アパートの住人でしょうから気にされないように　住民とアパートの廊下ですれ違ったり出入りする光景に出くわすことは　ごく自然なことであって……」と、私に早口に耳打ちした。


生きものが酸素を必要とするのは、ごく自然なことで、我々の周りには酸素が取り巻いていて、住民が出入りするのもわかる。でもなぜわざわざ水上置換とやらで酸素を生成するのかわかるかと、わたしは理科の先生の口調で言いたかったけど、警官は足早に帰ってしまった。

学校も勉強もなんかめんどくさいけど、素直な荒木さんはとても勘がよくて、「僕が悪いことをしていたなら彼に　もいちど会って謝らなければならない」と。抑揚のない眼の奥でまばたきをくり返し、新たに生成された新鮮な酸素を吸いながら言った。

わたしは「濃度の高い酸素は　わたしたちにはまだ必要ないですね」と話したら、荒木さんは照れながら、液体空気の中で一度凍った金魚が息を吹き返す時みたいに、元気になって帰っていった。わたしは荒木さんからもっと酸素について聞けばよかった。

動機

＝バンザイしてみぃ＝

放置された土管に入って出られなくなった国夫に叫ぶ
＝バンザイなんてできひん　なんで～　入るとき手振
ってたやろー　あの手どぉーしたん　何でできひんの
できひんの～でき～　ひんのか　バンザイしてみぃ＝

わたしは　バンザイが嫌いなひとに育てられたのを思
いだして　バンザイしてみぃ　なんか言うのはやめた

＝バンザイなんかしんでええねん　手はグゥーにしたらあかんえ　パァーで指はとじるんねん　土管に空けられた穴をふさいでも　息はできるやろ　息ができたらええね　土管の中から見える景色はやっぱり◯《まる》か＝茶色の管の底で　丸くなって泣きじゃくっている国夫を土管から　引き抜くか　土管を国夫から引き抜くか

土俵の上の四股みたいな地響きがして　地面に破片がパァーと散らばった　国ちゃんはかぐや姫のように土管から出てきた　かわいかったけど　竹細工職人の息子にして情けなかったわぁ　顔は消毒したみたいにところどころが白くなっていて　助けられる時感じるあの罪悪感で覆われていたけれど　見事に国ちゃんはこの世に誕生した　これがほんまのバンザイやわぁー

キヨク　タダシク　ウツクシク　ということばが流行
っていて　良い子のふりして下りてくる陽だまりを
国ちゃんは蹴り倒してくれたのに　なんで土管なんか
に入ったんやろなぁ　誰も分からへんし　聞かへんけ
ど　やっぱりわたしはこの手で　国ちゃんの頭を摑ん
で　エイッと引っ張り上げて助けたかった　そしたら
風を切って　石塀小路をふたりで帰れたやろなぁー

斯うして　ガーベラ

ガーベラがふたつの瓶に一本ずつ生けられている
はなれるように　さまたげないように　待ちわびて
見る

たっぷりの水はダイジョウブです
そう言った花屋の若い店員さんの口調を真似て
少しの水でダイジョウブですと言いかえる
水嵩が気になる
生きるための水も過ぎて潰れるものがあふれる

あなたの手術を待つ飾り棚のむこうのかぜは

流れに力を借りて

そのゆたかすぎるさびしい瓶の間に

花弁の粉を散らかしている

やがて分散し始めるかぜが

切り込まれ　削られていく骨の粉を模写するようだ

手術は始まったばかり

めしべの頭のかたちをした膝は

足裏に伸びようとする杖の中ほどで歩行を模倣し

人びとが行きかう階下の受付のカウンターの花の瓶には

五本のガーベラが投げ込まれた

花束より賑やかだ

さわがないように　紛れないように　たぐり寄せて

添う

手術がまだ終わらない
ひとつ引き離し　ふたつ引き裂いて
ほどけた空気がつくる空間
白さぎは水底深く　朝を沈めたゆめから覚めた
直立する黄色の脚は美しく曲がった膝関節の意味をなくし
あのむずかしいステップをふみちがえても
戻って来るのをガーベラは待つ
氷上より滑らかな木目の板の上に
有る

とてもゆるやかな河

それは
明確でない脇のすき間に行きちがう
「ストレスたまるぅ」「じゃあスルーしたらぁ」
「いいのぉ」「逆になぜダメぇ」「確かにぃ」と
生物は水分を失って渇いていくのに
取り込んで渇く漆器のような滑らかな声

さっきまで種にならなかった実を地中に埋めて
美しい風景にまとめようとしていて

カイツブリのようにくちばしを尖らせていて
水の中に潜りたいだけのわたしをちゃんと拐ってくれる
スマホを片手にきょろきょろしていると
「いいですか」と丁重にスマホを受け取り
柔らかな手つきで目的地に導き　すばやく解放してくれる

―あなたたちの悪はどこですか―

きらめくすべては絶望といっしょに
地平線の近くの島のように遠いから
ゆるやかな河の流れの土手をゆきながら
白を無くした雪の粒で濡れた草の葉を摘んで
息のつづきを吐き出して
容易には結ばれないわたしとわたしとのきずなを

親密にさせながら
透きとおる呼吸が見えてくるのを
すこし待ってみます

それから
コロッケ屋さんの長い列の間を走り抜けて
あの深い河を渡ります
カイツブリは見事に魚を銜えて
水面に浮かび上がっているころ

進化

複素数を引こうとして
まちがえてタップして腹足類
下りずにそのままの広辞苑の画面

銀色の粘着の筋を付けて
眼を引きずっていたら
ナメクジに出会った
おかあちゃんの塩のひとふりで
消されてしまって以来ずっと

会っていなかった
目を背けていただけの小さな生体

「消えずにまだ生き残っとるんだよ」
そう言って文字の間をニョロニョロしている
殻を失ったいきさつは
一切記述されていないが
生態はいつもカタツムリと比べられて
点滅し続ける海の表面を這う波の
軽やかさはない
やっぱり殻がないからね

ふしぎな振動で頭を隠す相棒の持ち歌は
（つのだせ　やりだせ　あたまだせ）

殻を退化させ失うという進化
秘密の腹の裏に
虚と実を持っていて
どこからでどこまでか惑わす

自分の出番を待っているタニシは
いつでも殻の中では
らせん状に愛される
ナメクジはただただ淋しい

とおくへと投げ出した足がとても重いので
私は人差し指のタップで
タニシを消した

ナメクジはどこへ行く

とてつもなく大きく　深く

ボクの家にはパソコンの横にシュレッダーがある
どんな紙片も瞬く間に細断する
キーボードを叩きながらも
シュレッダーの音は聞き漏らさない
吸い込むときの感触は
はじめて電動自転車に乗ったあの発車時の
前方アンバランス不調和と似ている
動き出すと何もなかったように
道路の真ん中でもどんどん風を切って調子に乗る

人生の門出を誓った佐伯さんたちも
降りしきるコンフェッティシャワーの中で有頂天だった

疲れた頭を整理する時や
記憶が舞い戻ってこないように
または愛する人を愛し続ける努力の結果として
あるいは戦いの行進曲を平和の祭典で流すような手法で
何かしらをなかったことに納めるために
世界中のシュレッダーは動き続ける

いつの間にか
いつでもどこでも何でもかんでも
切り刻みたくなって困っているボクは
百均でかわいいミニシュレッダーを見つけた

ずっと探していた穴あけパンチといっしょに買った
どちらもとても便利だ

ボクのとりとめのない文章は
穴あけパンチでファイルに収められ
ミニシュレッダーはポケットに入れて持ち歩くようになった
食べ歩きのソフトクリームの包み紙や
買い物を終えた後のスーパーのチラシ
信号待ちでエステシャンから渡される地図
それからボクのもろもろの妄想
ポケットに入った紙片は
洗い終わった衣服に絡みついて
剝がすのにひと苦労だ

パソコンの横で
身体を震わせ浮薄な音を立てるシュレッダーと
ボクは
とてつもなく大きく　深く罪を抱えている

結《ゆ》わう

乾いた土壌にしみるひとすじの水滴
目と耳が奪われてしまう　どうしてか
些細な日常音や
ドア向こうのはるか遠い味わい深い景色までも
消滅してしまいそうで　やはり
手に負えない
息づかいはわかる　たしかに
水平線にはなすスベがあるのだ　たぶん
歪曲するわずかなすき間で

折れそうだが　それでも
円い弧を示唆する　巨大にして
月が沈黙した後　星が鳴る
教わった星の数え方はとっても難解だった
林間学校の夜
私は瞼の腫れた彼の目が怖いと言った
彼は纏いの剝がれた私の声が悲しいと言った
離れていくふたつの目と耳
落胆しているわけではない
カナブンの青銅の羽でブロンズ像も描き出すし
アブラゼミの〈ジイジイ〉とも順応する
満天の下
『リコ』と『リタ』は
里山の春はタンポポやスミレと弾んでいる

かつての恋人のように
土壌にしみいる水滴は
土を肥らせ
生物の亡きがらを
その表面に照らして
『リコ』と『リタ』は結わう
もっとも好ましく

果実のむこうには

公園の横の運動場では　間隔を空けすぎた子ども
たちが　点になって整列しています　子どもたち
の先頭は　屋上のポールの先　時おり旗なんかを
ひるがえして　風を吹かせています　今日は　何
も纏わないで　空想しすぎて　妙にふくらんで
仰ぐと球はずんずん熟しておりてきます　地上で
はちゃんと腐敗するでしょう

るららら一らららるら

「一緒に食べようね」って母の声がする　たった
ふた粒だけ実ったキンカンの木　見覚えのない枝
のむこうに　晒されていたポールの先の先の太陽
が沈み始めています　鉄棒の平行からずれて　空
を見上げると　ほそながくのびた雲が時を持ち上
げ　その先には何もなく　子どもたちだけが整列
しています　母と食べるはずのキンカンの実のよ
うに　時がたてば　消えてしまうでしょう

どうすれば　芽生えるのでしょうか
そして　出会えるのでしょうか

ジャングルジムの四角い平面は　重なりあい　疾

走する車の影を追って　私は走ります　萌芽の予兆を両手で包み　家に帰ったらすぐさま　鎖骨にこぼれ落ちる果実の音を聞きながら　ひと粒だけほおばるのです　酸味は少しだけ脳を覚まし　ほどよい柔らかさになるのを拒み続けるでしょう

るららら|らららるら

あとがき

どこまでも続いていると思っていた道が、途中で途絶えていたり、見えなかった水路が急に現れたり、時おりうろたえ、迷いの中にいます。迷い続けていると、どこからか不安が邪魔をしにくる。破綻し尽くせるのに、いつの間に繕い始めている。あるべくしてあるのかもしれません。そんな状況や気持ちに寄り添いながら詩を書いています。折り合いなんかつかない。だから、なぜか、少し離れたところに自分を置くと、整然と並んだ果実のような心持ちになります。

ロジカルな表情を持ちながら、繊細な薄い膜で包んだ種子を飛ばす松ぼっくり、その不思議さに、目を見張ります。

詩人の神尾和寿さんから温かなご助言、励ましのおことばをいただきました。また土曜美術社出版販売の高木祐子さんをはじめ編集部の皆さまの支えのもと、本詩集を上梓することができました。心より感謝いたします。

二〇二四年九月

南　久子

著者略歴

南　久子（みなみ・ひさこ）

著書　詩集『来し方』（白地社　1993年）
　　　詩集『粒子　その通過する点点・・』（土曜美術社出版販売　2020年）

詩誌「どぅるかまら」同人　関西詩人協会会員

住所　〒535-0021　大阪市旭区清水3-16-20

詩集　ロジカル・パイン

発　行　二〇二四年十月十七日

著　者　南　久子
装　幀　木下芽映
発行者　高木祐子
発行所　土曜美術社出版販売
〒162-0813　東京都新宿区東五軒町三―一〇
電　話　〇三―五二二九―〇七三〇
FAX　〇三―五二二九―〇七三二
振　替　〇〇一六〇―九―七五六九〇九
DTP　直井デザイン室
印刷・製本　モリモト印刷

ISBN978-4-8120-2858-2　C0092